句集

赤の鼓動

小笠原玲子

文學の森

句集　赤の鼓動＊目次

影までが　5
シルクロード　31
赤の鼓動　59
明日といふ　89
寒の紅　121
引き算の　149
誰も　173
あとがき　200

装丁　クリエイティブ・コンセプト

句集
赤の鼓動

影までが

二〇〇七年～二〇〇八年

影までが赤く燃えゐる紅葉かな
時雨るるや燻し銀なる潮の色
悲しみに耐へて直立雪中花

冬紅葉空の隙間の孤独かな

日を浴びる枯野に動くもののなし

太陽と冬田の私語に耳すます

気持ちだけ走つてをりし師走かな

落日の眩しさに引く白障子

消しがたき火のくすぶれる十二月

落日の影の中なる冬椿

はち切れる音して大根切りにけり

何求む魚の目寒く我を見る

百年を静かに咲きてひめつばき

柚子風呂の柚子に沈まぬ浮力かな

口紅のかたち拭きとる初鏡

寒の海生きものの息耐へてをり

手袋の一指に自我のありにけり

釜揚げの湯気に隠れし雪中花

手袋の指のかたちにふくらみぬ

寒風の中に出で行く眉を引く

寒潮や沖の一点光りをり

裸木の各々にある個性かな

ページ繰る指先春を待つかたち

冬の日のまぶしさに病みゐたりけり

山茶花の花芯に触るるもののなく

雪原の木の影空の色となる

洗ふ手に水やはらかき春隣

マスクせし背中に孤影ありにけり

風花や手紙を裂きて海に捨つ

一瞬の音響かせてしづり雪

風花やひつそり荒ぶ漁師町

ままごとに水仙の香を刻みたる

水仙のまぶしき白を強く剪る

小石みなまあるいかたち春の浜

人間の息を包みて春の雪

ひたすらをくり返しゐる春の波

しろがねの光の点描春の海
黙を解き梅の蕾のまるくなる
下萌の大地に響く声ありぬ

空を見てふるさとの春探しをり

春鳥を追ふ目となりし道祖神

己が息出し来し梅の蕾かな

濃き影をつれて歩きぬ梅の園

降り出せる天の暗さの雨水かな

濡れ縁の春日のぬくみ尻に敷く

江戸雛の歳月重き汚れ持つ

菜の花や命はじまる色をして

滅ぶもの芽吹くものある大地かな

覗き見る手鏡に入る笑ふ山

春陰に座る人なきベンチかな

春泥の運動靴を丸洗ひ

春の波一人称で対話する

木蓮は白をこぼして天に咲く

鶯や濡れ縁ぬれしままなりし

惜春の胸に納める海の荒れ
静寂を破りつつじの芽吹きけり
藤棚の匂ひにあはひあらざりし

限りなき一人の時間藤垂るる

山藤の雨にうたれて雨に揺れ

昭和の日父七輪でパンを焼く

空き缶を筆洗ひにす昭和の日
丁寧な父の文字あり昭和の日
かたばみの精一杯の黄色なる

葉桜や路地奥にある昼の黙

若葉冷え夜の机の思考する

若楓かたちのままに影ゆる

青麦の彼方に浮かぶ発電所

右の目に真つ赤なつつじとび込みぬ

満開のつつじに不安抱きけり

シルクロード

二〇〇八年

青林檎剝く哀しさを捨つるため

つつじ映ゆ水槽の魚真白なる

人間の匂ひ強くし五月雨るる

薫風や波音光り岸に寄す

ジャスミンの香りに鼻をつき出しぬ

若葉寒少し厳しき手紙来る

万物の影を光らす植田かな

炎天へ石の息吐く大観音

夕焼を背負ひてポストまで歩く

老鶯に野の結界を知らさるる

万緑に雨の重さのありにけり

木下闇瞑想も又闇の中

麦秋や体内時計狂ひたる

ピアノ弾く夏潮色のドレス着て

夕焼に吸ひ込まれ行く背中かな

六月やさくらいろなる骨拾ふ

あぢさゐに沖よりの波向かひ来る

枇杷の種大きく吐きてけふ捨つる

太陽の色秘め白き胡蝶蘭

かたつむりシルクロードは遥かなり

金色に目の光る猫梅雨寒し

決断をする淋しさや梅は実に

洗車するどくだみの香につつまれて

ガリバーの足もて蟻を避け歩く

浜木綿の白浮かび来る真昼かな

一山に蟬の命をしぼり鳴く

夏祭り音で始まり音で果つ

サルビアに落日覆ひかぶさりぬ

空強く持ち上げてをり百日草

沈黙の臓器が狂ふ猛暑かな

ひまはりに追憶の距離ありにけり

防波堤強く光らせ夏の果

太陽にはじけるトマト食みにけり

天上を向き空蟬となりにけり

蒼天を抱へて咲きぬ百日紅

もう一度好きな服着て夏惜しむ

玉葱と一緒に泣いてしまひけり

金柑の淋しき数に雨が降る

朝顔の青の深さに見つめらる

思ひ出の中だけにあり鳳仙花

ビオロンの燃ゆる音して赤カンナ

秋の風老犬の耳遠くなる

霧の中海を背に立つ二人像
来し方にほほゑみ返す秋の夜
虫の夜影絵のきつね唄ひけり

月明りすれ違ふ人謎めきぬ

カンナ咲く最期の力ふりしぼり

亡き人の息のこる庭萩こぼる

待宵の月を心にしまひけり

人声を吸ひ込みてをり芋名月

曼珠沙華燃え尽きるまで曼珠沙華

胸さわぐ着信のあり秋の雨

少しづつ死にゆくかまへ彼岸花

団栗に手の届きさう二階窓

傷跡に濃き影つくる秋の日よ
何もかも遠くへ去れり秋風も
秋夕べ顔の輪郭やさしくす

木犀の香をまとひたる大観音

銀杏を寡黙に拾ふ漢かな

オカリナの土の音色を聞く夜長

コスモスや群れて淋しき真昼かな

一人聞くオカリナの音や水澄める

秋蝶の黄の鮮明によぎりけり

榠樝の実硬さに触れて買ひにけり

言ひ出せぬ別れありけり片時雨

大柚子の浮力は水をとび出しぬ

枯野原夕日の色を吸ひ込みぬ

暮早し学校の山羊低く鳴く

冬の日にかざして見たる体温計

マフラーにすつぽり埋もれ会ひに行く

山茶花の大きく咲きて人を待つ

寒風や何も言はずに人の逝く

冬潮が昆布の色を深めゆく

水仙のひかり古墳の黙を解く

水涸るるしばし唄はぬ人となる

冬晴れや合掌の影壁に澄む

歳晩や昭和の汚れ残る駅

赤の鼓動

二〇〇九年

福寿草皺にやさしさ生まれけり

手の位置をしつかり決めて初写真

ひかりみな我を指しをり冬木立

音信のとれぬ寒さとなりにけり

水仙や意志の強さが海を向く

太陽をつかまうとする冬芽かな

言ひ切りし後の淋しさ懐手

哀しさの隙間を埋めて雪中花

水仙の香の仏壇を開きたる

湯湯婆の残るぬくみに触れてをり

小さき影小さく揺らして芽吹きをり

身の程にいつぱい生きて蕗の薹

春の日に命の全て干しにけり

光より音より春のはじまりぬ

下萌に海生き生きと答へをり

梅の香の真つ只中で瞑想す

雛はみな幼き瞳してゐたる

菜の花や子供ちよこんと手を合はす

つらつらとつらつら椿さざやけり

はうれんさう絞りて灰汁の色となる

オカリナや蝶はインカへ飛び立てり

床の間の人形の眼や朧なる

卒業のただ一枚の写真かな

胸黒きトルソーに風光りけり

パンジーのわづかな風をつかみをり

潮干潟岬大きく顔を出す

廃屋の過去知り尽し花の咲く

逝きし人生まれくる人桜咲く

リラ冷えや目を合はさずにすれ違ふ

桃の花はるかな沖を呼んでゐる

空ゆるたびに落花のしきりなり

大寺の屋根押し上ぐる松の芯

会ふことを遠ざけし日々梨の花

タンポポや日を吸ふ石と弾く石

ぐらぐらと煮物の音や四月尽

クローバー盛り上がる丘となりにけり

さへづりや首振り続く置人形

やはらかく黒髪ゆらす若葉風

水の音して初夏の朝となる

牡丹散る母の針跡美しき

強烈なゴーギャンの赤緑雨降る

風に波に音ある夏の来たりけり

死を知らぬ人形の目やつつじ散る

夏雲を見て戦争の話する

竹林の大きさに降る竹落葉

レインコート菖蒲の色を選びけり

緑蔭てふ大きな屋根の下にあり

神木の蔭に席とり夏点前

水音に植田素直に育ちゐる

百日草残る力を日に向ける

紫陽花や母と遊びし記憶なし

吊しある玉葱の尻見つめをり

日蝕の一刻蟬の声止まる

茄子漬の紫色を絞り出す

鯛の目ににらまれてをり夏の果

百日草背伸びしたまま海を見る

七夕竹願ひの重さしなひけり

母が戸を開ける音して盂蘭盆会

人声の去りてかなかな聞くばかり

秋暑し天も大地も息止めぬ

近づけば孤独な人やちちろ鳴く
黙続く二人のあはひちちろ鳴く
秋の浜雲見て何も考へず

母いつも後ろ姿や柿実る

鮮烈な赤の鼓動や曼珠沙華

対岸の我を呼びをり曼珠沙華

ひっそりと小さく飾る後の雛

校正に人間模様秋の夜

芒野の深さに人を探しけり

霜降や追悼抄に目の行ける

穂芒の白に誘惑されてをり

潮風の秋を大きく吸ひ込みぬ

ひょんの実のひょんな噂を聞きにけり

平凡をあたためてをり掘炬燵

冬鵙の戻らぬ人に叫びをり

竹林の動かず冬の海動く

裸木の天に孤高を叫びけり

空白のままの月日や冬オリオン

黙一つ許すことなき冬怒濤

祈りつつ静寂となる聖夜かな

山茶花の花芯の無言思ひをり

イルミネーション聖夜の果を光りをる

明日といふ

二〇一〇年

短日のうすくなりゆく水の音

寒紅を引いて気合ひを入れにけり

燃え上がる思ひと思ひどんど焼く

頭蓋骨の形のままや毛糸帽

胃袋にゴツゴツのこる冬林檎

風の中泰然と咲く寒椿

人逝きて臘梅の色濃くなりぬ

水槽のうをしろじろと春隣

母逝きてより水仙の真白なる

見る人も無き藪椿一人見る

菜の花や海を背にして地蔵堂

菜の花や海鳴り遠く聞いてをり

春日の強さ横向く道祖神

血圧計壊れて唸る浅き春

子の部屋に如月の灯のつきにけり

みづからの顔となりゆく雛描く

しゃぼん玉いまだ返らぬ日を思ふ

白椿対角線に見つめあふ

さへづりが山を動かしゐたりけり

菜の花に真正面なる海となる

ザックリと大切りにしぬ春キャベツ

春愁の口紅うすく引きにけり

万物を騒がせてをり春嵐

シャッターがしだれ桜の揺れ止める

花人となり花人の中にあり

若草に水の流れの隠さるる

味噌田楽他人てふ距離縮めゆく

花うつぎ触れて匂ひのこぼれけり

また一つ薬ふえたりリラの花

青麦の風に諸手を広げたる

灯がつけば牡丹の花沈みけり

ふるさとのどこかに咲きし著莪の花

横向けば夫がつぎ足すビールかな

ひとり居の贅沢な刻つつじ咲く

母の日や母の大きく描かれて

風鈴の音を残して逝きにけり

鉄塔を映して植田無言なる

梅の実のかをりのやうな別れかな

青林檎渇きし胸に刹きつづけ

万緑に向かひ大きく息を吐く

鳥の声入れて万緑撮りにけり

何となく人避けてをり仏桑花

若き死へアカシアの雨降り続く

紫陽花の青を濃くして海へ向く

大緑蔭時間を止めてゐたりけり

吐く息の薄暑の町にただよへる

炎昼の山動くもの何もなし

人と人つないで広き夏野かな

ネオンの灯光りて梅雨の水たまり

若葉目に染み込ませ飲む抹茶かな

点滴をつづける日々や金魚玉

卯の花の雨に濡れたる白さかな

万緑の色となりては川流る

裏窓のガラス青葉の色となる

緑蔭やよく磨かれし姫鏡台

炎天下どこへも行けぬ道祖神

ひまはりの下向き咲きし怒濤かな

夕焼の先はふるさと太鼓鳴る

音全て晩夏の胸にひびきけり

麦秋の焦げに焦げたるものの色

紫陽花や鏡の子の目我を見る
楊梅の熟れ雨の日となりにけり
水を打つ心も少し濡らしつつ

太陽を背に空蟬の並びをり

人住めば家生き生きと百日紅

草ゆれて草の深さに虫の鳴く

秋潮と話してゐたる一人かな

寝転べる胸のうすさやちちろ鳴く

秋簾ゆがみしままに吊されて

竹騒ぎ無月の雨となりにけり

虫の音の中に正座を崩さざる

水澄むや几帳面なる兄の文

天折の墓あり白き曼珠沙華

地熱ある土に燃え咲く曼珠沙華

向き合へば息聞こえくる曼珠沙華

秋うらら浜の男の声大き

三日月に向かひ漕ぎ行く二人かな

燃え尽きる夢に生ききてカンナ咲く

夜寒し闇の深さにひびく二胡

風邪引いて他人の顔のありにけり

海に向き大きなくしやみ放ちたる

明日といふ日にある不安海凍つる

落葉踏む足音はみな子供なる

滅びゆく時の流れや枯野踏む

枯草の匂ひの中に目をつむる

冬晴れの日の匂ひ消す牛舎かな

うすく引く寒紅秘密ありにけり

赤き色少し残して山眠る

柚子風呂の柚子のつぶやき聞いてをり

海鼠船波にまかせて波に這ふ

寒の紅

二〇一一年

胎動の止まりてをりし冬の海

波すべて我のマスクに向かひ来る

大マスク目まで隠してしまひけり

冬の日の鏡に強き反射光
その事はメモには書かず木の葉髪
限りなく女なりけり寒の紅

パレットに冬天の青のこりけり

蒼天のまぶしさにあり薄氷

万物の硬さ解けゆく二月かな

春寒や人逝きてより犬鳴かず

犬の目の見て見ぬふりや春浅し

レールからはみ出してゐる余寒かな

白椿闇といふもの未だ知らず

春林のざわめきに雲うすく湧く

春満月シャワーを丸く浴びてをり

げんげ田に子を投げ出して遊ばしぬ

持ち帰る浅蜊キュッキュッと鳴いてをり

春耕の大地にありし息吹かな

春うららエプロンいつも縦結び

一人てふ静かな光利休の忌

結ぶもの心しかなし二月尽

白木蓮過去の思ひ出白くする

春暁の影消ゆるまで見送りぬ

嬉しくてしだれ桜と握手する

馬鹿騒ぎして春愁の息ありぬ

諸葛菜ゆれ母の息生まれたる

哀しみの息に破るる紙風船

急流の水音に夏来てをりぬ

黒檀の大黒柱夏炉焚く

森深き沼万緑の色うつす

胸に来る風万緑を揺らしをり

思ひ出のページに螢飛ばしみる

枇杷を剝くつくづく遠き母郷かな

海よりも海の色あり濃紫陽花

崩れ行く音のありけり炎天下

滝音の激しさに風生まれけり

両の手でひまはりの顔抱きよせる

炎天に息止め物を干してをり

ノルウェーのかたちとなりぬ積乱雲

夏潮に青の躍動ありにけり

汗を拭くタオルの色にこだはりぬ

波音を目つむりて聞く晩夏かな

がらんどうな胸に晩夏の音がある

七夕の飾りの揺れて人逝きぬ

八月や何か淋しき声ばかり

ありがたうが別れの言葉花カンナ

背中にはもう秋風の来てをりぬ

淋しさに逃げられずをり雁の夜

白き花ばかりを活けて魂送り

手の影にすつと動きぬ女郎蜘蛛

鏡台は小さきが良し葛の花

白粉花人の気配のあらぬ家

人の息閉ぢ込めて咲く白粉花

捨てられし猫にはらりと萩こぼる

無月なる天の広さに笛を吹く
大空へオカリナ吹いて月を呼ぶ
無月てふ月を眠らせ笛を吹く

船町の動かぬ船の影は秋
彼岸花ため息さへも伝はらず
うつ伏して秋雨の音聞いてゐる

音信がぷっつり切れて秋の雲

澄む朝の水の温度をすくひけり

振り向けば落葉の音でありにけり

引き戸引く音に重みや冬初め

冬の芽や水の源流探し行く

本堂の広々とあり冷えのあり

父逝きて母逝き冬日あたる部屋

風うめく声聞き夜を蜜柑剝く

時雨るるや観音の影うすくあり

不器用な性格のまま呟き込みぬ
寒風や人逝けば家壊されて
柚子湯して身のほころびを温める

除夜の鐘心離れてゆくばかり

引き算の

二〇一二年

竹を割る性にはあらず大根煮る

雪の降る重い心に重く降る

雛の目一本の線凛とあり

人の名を消しゆく日記春の雪

灯ともして人影のあり暖かし

芽吹く息全て包みぬ雑木山

遥かなるまなこありけり享保雛

春寒し寄り添ひあひぬ道祖神

全てから解き放たれて落椿

淋しさに丁寧に摘む春菜かな

天を突き天に散りたる白木蓮

若草に寝て若草の匂ひ抱く

春風に顔つき出してペダル漕ぐ

書く文字の吐息に春のありにけり

一人より二人の記憶桜見る

春暁の我が脈にある乱れかな

オカリナを吹き春愁の中にゐる

芽木の雨ぽつりと一人又逝けり

若葉風余生は風の中にある

満開のつつじ見てゐる孤独かな

深呼吸つつじの息に触るるまで

花菖蒲午後の光に疲れたる

夏潮の深さに母のありにけり

疑へば紫蘭の花の大揺れに

しゃくなげやこのごろ過去の眩しくて

万物の全てが梅雨の色となる

どくだみの花の白さの胸に触る

水底に影届かざるあめんばう

湯上りの素足に風を呼んでをり

一忌日あぢさゐ色の着物着る

牛の目に涙を見たる夏野かな

炎天に迫りくる死のありにけり

雲の峰私の全て壊したし

万物の生見つめをり蟬の穴

鰯雲引き算の生はじまりぬ

芙蓉咲くひとりの空を見て咲きぬ

稲光一瞬黙となりにけり

からつぽな胸にぶだうの甘さかな

地底より秋の風立ち吹き上ぐる

秋の雲無言で通す日もありて
自死と聞く夜にざわめく虫時雨
さやさやと葉擦れの音に萩の咲く

読みかけの本積み上げし夜長かな

半月や彫塑の片目抜かれたる

足音のあらず無月の道となる

にじり口秋の景色を切り取りぬ

鰡とんで海の光となりにけり

秋潮の海透かしつつガラス拭く

萩の風小さく小さくなりし人

日を抱きて枯野の中に寝転びぬ

冬紅葉抜けさうな空ありにけり

石蕗枯れて風が号泣してゐたる

山茶花に本家の歴史ありにけり

雪の夜白紙に戻すことのあり

ビロードの青広げたる冬の海
天に声かけて冬芽のふくらみぬ
つぶやきの一人の響き冬オリオン

大仏の頭のやうな冬帽子

枯芝に脈々とありうづくもの

蕪漬や真白なままの味を嚙む

失ひし色美しく大枯野

聞く耳を持たぬ人なり冬の鵙

誰も

二〇一三年〜二〇一四年

見えぬ目に見つめられてゐる春愁ひ
読点の如くに小さき芽の出づる
パレットに探してをりし春の色

何かあるこの春風のざわめきは
春水にうつる草影背伸びせり
花辛夷まぶしき人に会ひにけり

思ひつきり潮の香吸ひて梅咲きぬ
永き日や誰も探してくれなくて
つちふるや我が心より去りし人

春愁の重い歩幅となりにけり

下向きし貝母の花や母思ふ

満開のしだれ桜の傘に入る

逆縁の知らせありけり芽木の雨
酸葉かむ来し方少し引きずりて
すかんぽや忘れなければならぬこと

逝きてなほ近くにある人夏椿

神木の空突く高さ滝落つる

風鈴の音色天よりこぼれくる

冷房に黒服どつと疲れたる

七夕や己はげます言葉書く

揺れ動く心のままに髪洗ふ

盗みたくなるほど赤きトマトかな

向日葵に後ろ向かれてしまひけり

人の息絶えて夏草はびこりぬ

動くもの鳴くもののなき炎暑かな

炎天下音の全てが止まりたる

空蟬の余りの軽さ手に包む

広島忌「はだしのゲン」を子に与ふ

風鈴に呼び止められてゐたりけり

夕焼の空美しき通夜となる

唄ふしかなき悲しみや鶏頭花

ふるさとに知る人のなしねこじやらし

コスモスの風は小さく海に吹く

静かなる路地奥の秋一人臥す

有明の月の赤さに祈りたる

仏像の迷ひなき目に菊咲きぬ

海の色濃く吸ひ咲ける牽牛花

露草の群れて大地の星となる

涙出ぬ悲しさもあり彼岸花

天平の空澄むままに法隆寺

大地より霧湧き出でて山包む

次々に病名殖えてそぞろ寒

頑張りて心折れさう石蕗の花

冬菊に胸の硬さをほぐさるる

脱ぎ捨てしオーバー黙のかたちなる

強すぎるポインセチアの赤に立つ

手袋の指と指とが触れ合ひぬ

夫も子も涙もろきや福寿草

さへづりの真下に開く手紙かな

北窓を開け眩しかる空気吸ふ

つくしんぼつくんと顔を出しにけり

生きてきて生かされてきてオキザリス

戻らざる記憶に夏の草を引く

夏帽に己を隠しとほしたる

十薬の無言と対峙してゐたり

昴りを押さへてをりぬサングラス

人間の過去消す鏡著莪の花

炎天下白昼の音尖りたる
左目を一瞬かすめ黒揚羽
雲の峰ゆつくりと刻流れをり

端居して濁世まだまだ去りがたし
ぶだう盛る水のしづくを光らせて
あるがまま咲いてをりけり草の花

秋霞何か崩れてゆく予感

出張のメモある机上後の月

藷蒸して乾藷作る夫かな

虎落笛子の影未だ帰らざる

炬燵中頬杖に夫沈みをり

寒月や弱さをつひに子は見せず

句集　赤の鼓動　畢

あとがき

『赤の鼓動』は、『薔薇の棘』に続く私の第二句集です。二〇〇七年秋から二〇一四年冬までの五百二十二句から成っています。

日記を綴るように毎日「俳句スケッチブック」なるものにメモをしています。

この夏、二〇一四年七月、八月は大病し、入院生活でした。両腕に点滴、輸血、食事もできず、二十四時間冷房の病室でした。この時はじめてペンが持てず、作句はできませんでした。

齢を重ねると、体力も気力も一気に落ちる事を経験しました。老いの進む早さには、驚くばかりです。そんな昨今ですが、俳句作りの楽しさがあった御蔭で少しずつ気力と体力もでて来ました。

これからはゆっくりと作句して行きたいと思います。最後になってしまいましたが、「深海」の中村正幸主宰そして句友、沢山の人達にお礼を申し上げます。そして、「文學の森」の皆様、本当にありがとうございました。

二〇一五年四月

小笠原玲子

著者略歴

小笠原玲子（おがさわら・れいこ）

昭和18年8月6日　愛知県西尾市生まれ
昭和58年　「花鳥」入会（伊藤柏翠主宰）
昭和60年　「ホトトギス」入会（稲畑汀子主宰）
平成12年　「深海」入会（中村正幸主宰）
平成15年　アンソロジー『現代俳句精鋭選集Ⅳ』（東京四季出版）
　　　　　に102句発表
平成19年　「深海」同人
平成20年　『薔薇の棘』（文學の森）刊行

現 住 所　〒445-0851　愛知県西尾市住吉町3-21
電　　話　0563-57-7493

句集

赤《あか》の鼓《こ》動《どう》

発　行　平成二十七年五月九日
著　者　小笠原玲子
発行者　大山基利
発行所　株式会社　文學の森
〒一六九-〇〇七五
東京都新宿区高田馬場二-一-二　田島ビル八階
tel 03-5292-9188　fax 03-5292-9199
e-mail mori@bungak.com
ホームページ http://www.bungak.com
印刷・製本　竹田　登

ISBN978-4-86438-425-4　C0092